Éditions Flammarion (n° L.01EJDN001318.N001)
87, quai Panhard-et-Levassor – 75647 Paris Cedex 13
www.editions.flammarion.com
Dépôt légal : mars 2017 – ISBN : 978-2-0813-9024-9
Imprimé au Portugal par Printer en janvier 2017
Loi n° 49-956 du 16 juillet 1949 sur les publications destinées à la jeunesse

Mes premières histoires du Père Castor dès 4 ans

Père Castor ◼ Flammarion

Sommaire

Dragons, père et fils

Raconté par Alexandre Lacroix

Illustré par Ronan Badel

Il était une fois un petit dragon qui s'appelait Strokkur.
Il vivait avec son papa dragon, dans une grotte
au cœur d'une vallée escarpée.

Un jour, son papa lui dit :
– Écoute mon fils, tu es grand maintenant.
Il est temps que tu fasses honneur à ta famille
et que tu te comportes comme un vrai dragon.
Demain, tu iras au village, de l'autre côté
des montagnes. Et tu brûleras quelques maisons.
– Mais... pourquoi ? demanda Strokkur.
– Parce que telle est notre tradition !
Tu es un dragon, oui ou non ? gronda son papa.

Cette nuit-là, Strokkur eut bien du mal à s'endormir.
Rarement il avait craché du feu, et seulement pour des broutilles,
pour se faire griller à l'heure du goûter une petite limace ou une chenille.
Mais les maisons, ça non ! il n'avait jamais essayé de les embraser.
Le petit dragon passa une nuit agitée, à se retourner dans la paille
tout en grattant ses écailles.

Le lendemain matin, Strokkur s'envola
vers le village des humains.
Quand les premières habitations furent en vue,
il tourna la tête à droite, à gauche, de tous côtés.
Enfin, il aperçut une maisonnette isolée.
Ses murs étaient en bois.
« Chic, voilà qui fera une belle flambée ! »
se dit Strokkur, qui se laissa descendre en vol plané.
Mais au moment où il gonflait ses poumons, fort,
très fort, pour mettre le feu à cette fragile construction,
Strokkur vit un petit garçon surgir par la porte d'entrée.
L'enfant s'écria :
– Oh, super ! Un dragon !

— Comment, dit Strokkur étonné, tu n'as pas peur de moi ?

— Pas du tout, c'est la première fois que je vois un dragon.
Je suis très content de savoir que vous existez vraiment.

— Mais, tu te rends compte que je m'apprêtais à faire disparaître ta maison dans les flammes ?

— Brûler ma maison, en voilà des façons ! On peut savoir pourquoi, méchant dragon ?

— Parce que c'est ce que veut la tradition.

— La tradition ? Qui a dit ça ?

— Mon papa.

— Ah, je vois. Et si tu n'obéis pas, il te grondera ?

Strokkur acquiesça.

Le petit garçon eut l'air embêté. Il réfléchit un moment, puis déclara :

— J'ai une idée. Viens avec moi. Si tu veux faire un grand brasier,
je connais l'endroit le plus approprié.

— Voilà, tu peux y aller ! dit le petit garçon après avoir conduit Strokkur
devant un bâtiment carré au centre du village. Tu peux faire disparaître
ces vieux murs dans les flammes !

— Mais... qu'est-ce que c'est ?

– Ça, eh bien, répondit le garçon un peu gêné, c'est mon école.
Je n'ai pas révisé ma leçon pour ce matin, et…
je crois que je vais être interrogé.
Si tu la brûles, je te devrai une fière chandelle.
– Ah bon, dit le dragon, qui n'était jamais allé à l'école
et ne saisissait qu'à moitié cette explication.

À nouveau, Strokkur gonfla ses poumons, fort, très fort,
et la fumée lui sortait déjà des naseaux,
quand une femme apparut sur le perron. C'était la maîtresse.
– Attendez, jeune dragon ! Vous ne pouvez pas faire ça !
– Et pourquoi pas ?
– Eh bien, mais… parce que les enfants qui viennent
tous les jours ici sont vos plus grands admirateurs,
répondit-elle malicieusement. Au carnaval, ils mettent
des masques de dragon en carton et, à Pâques,
ils fabriquent des cerfs-volants dragon en papier crépon.
Pour leur faire plaisir, je leur lis les légendes
qui circulent sur vos illustres ancêtres.
Ils font aussi des dessins de dragons.
Ne bougez pas, je vais vous montrer ça…

La maîtresse rentra dans l'école et revint un instant plus tard avec un grand dessin.

– Vous le trouvez beau ? S'il vous plaît, prenez-le, c'est un cadeau.

Sur le dessin, Strokkur vit un majestueux dragon rouge tomate, avec un cou en forme de S et des dents tranchantes comme des haches.

– Merci, c'est très joli, mais moi j'ai une mission !

expliqua le petit dragon.

Hier, mon papa m'a demandé de brûler une maison.

La maîtresse réfléchit, puis répondit :

– Pourquoi vous n'iriez pas au bord de la rivière ? Il y a une cabane abandonnée, là-bas, qui pourrait faire l'affaire.

Au bord de la rivière, Strokkur trouva en effet une cabane abritée sous de gros rochers.
Pour la troisième fois de la journée, il gonfla ses poumons, fort, très fort,
et il s'apprêtait à cracher une énorme gerbe de flammes, quand un vieil homme,
assis non loin sur la berge, posa sa canne à pêche et s'adressa à lui :
— Ah, tu tombes bien, toi. Vois-tu, le monde est mal fait. J'ai pêché douze truites superbes,
mais je n'ai plus une seule allumette. Si tu m'aides à faire cuire mon déjeuner,
je te promets un festin que tu n'es pas prêt d'oublier.
— Pourquoi pas, accepta Strokkur, qui avait un peu faim.

Le pêcheur, qui stockait quelques affaires
dans la vieille cabane, alla chercher à l'intérieur
un sac de charbon et un barbecue à roulettes.
Strokkur souffla sur le charbon, dont montèrent
de longues flammes qui rôtirent les poissons.
Et ils se régalèrent, les pieds dans la rivière.

Quand le petit dragon rentra chez lui, son papa
l'attendait avec impatience sur le pas de la grotte.
— Alors, raconte-moi tout, Strokkur. Qu'as-tu fait ?
J'espère que tu as laissé derrière toi un ravage,
que dis-je, un sacré carnage, que tu as brûlé tout le village.
— C'est-à-dire que… En fait, je n'ai pas brûlé une seule maison.
— Et pourquoi ça ? s'écria le papa dragon.
— Parce que je n'avais pas envie de leur faire de la peine,
à tous ces villageois. Au contraire, ils ont été très gentils avec moi !
À ces mots, le papa dragon laissa éclater sa colère :
— Comment ça, tu deviens l'ami des humains
maintenant ? Mais qu'allons-nous devenir,
nous autres dragons, s'ils n'ont plus peur de nous ?
Y as-tu seulement songé ?
Ces êtres-là sont féroces
et sans pitié, mon fils !

– Non, Papa, tu te trompes !
Regarde le cadeau qu'ils m'ont fait.

Et Strokkur montra le dessin
que la maîtresse lui avait donné.
– Qu'est-ce que c'est ?
– Comment, tu ne te reconnais pas ?
Mais c'est un portrait de toi, voyons !
dit Strokkur, qui avait beaucoup appris
au contact des hommes et commençait
à devenir malin à son tour.

Alors, sur le visage de son papa,
apparut un grand sourire de fierté.

17

Dans le ventre du moustique

Raconté par Zemanel
Illustré par Maud Legrand

« Skrouik, glouik ! » fait le ventre du moustique.
Le soleil va bientôt se coucher
et il n'a toujours rien mangé :
pas de petit déjeuner, pas de déjeuner,
pas de goûter et toujours pas de dîner.

Il tourne en rond depuis le matin sans rien trouver pour calmer sa faim,
et il est tellement occupé à chercher à manger
qu'il file tout droit sur une toile d'araignée.

« MIAM ! se dit l'araignée, qui elle non plus n'avait pas encore dîné.
J'aurais préféré un beau papillon bien gras,
mais mon ventre est vide et ça ira très bien comme ça. »

Elle s'apprêtait à le croquer,
quand elle remarqua au-dessus d'elle
l'œil d'un moineau qui l'observait avec envie.

« MIAM ! se dit l'oiseau, qui lui non plus n'avait pas encore dîné.
J'aurais préféré un vermisseau bien gras,
mais mon ventre est vide et ça ira très bien comme ça. »

Il s'apprêtait à la croquer,
quand il remarqua à ses côtés
l'œil d'un serpent qui l'observait avec envie.

« MIAM ! se dit le serpent, qui lui non plus n'avait pas encore dîné.
J'aurais préféré une souris ou bien un rat,
mais mon ventre est vide et ça ira très bien comme ça. »

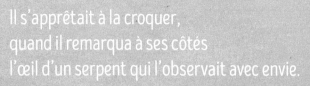

Il s'apprêtait à le croquer,
quand il remarqua un peu plus bas
l'œil d'un renard qui l'observait avec envie.

« MIAM ! se dit le renard, qui lui non plus n'avait pas encore dîné.
J'aurais préféré un bon poulet ou une oie,
mais mon ventre est vide et ça ira très bien comme ça. »

Il s'apprêtait à le croquer, quand il remarqua derrière lui
l'œil d'un loup qui l'observait avec envie.

« MIAM ! se dit le loup, qui lui non plus n'avait pas encore dîné.
J'aurais préféré une chèvre ou un mouton pour repas,
mais mon ventre est vide et ça ira très bien comme ça. »

Il s'apprêtait à le croquer, quand il remarqua devant lui
l'œil d'un ogre qui l'observait avec envie.

« MIAM ! se dit l'ogre, qui lui non plus n'avait pas encore dîné.
J'aurais préféré une grosse vache tachetée avec une sauce aux petits pois,
mais mon ventre est vide et ça ira très bien comme ça. »

L'araignée ne bougeait pas.
L'oiseau, le serpent, le renard et le loup non plus.
Tous avaient peur de se faire avaler.
Le moustique, lui, parvint à s'échapper.
Et, attiré par le sang chaud,
il prit la direction de l'ogre affamé.

L'araignée, voyant l'oiseau paralysé, en profita pour se cacher.
L'oiseau, voyant le serpent immobilisé, en profita pour s'envoler.
Le serpent, voyant le renard apeuré, en profita pour s'éclipser.
Le renard, voyant le loup terrorisé, en profita pour décamper.
Le loup, voyant l'ogre déconcentré par le moustique
qui venait de le piquer, en profita pour s'éloigner.

Résultat : ni l'araignée, ni l'oiseau, ni le serpent, ni le renard,
ni le loup, ni l'ogre ne purent prendre leur dîner.

« Skrouik, glouik ! »
Ce bruit-là ne vient plus du ventre du moustique.
Le soleil s'est couché et lui aussi.
Maintenant il n'a plus rien d'un maigrichon,
car après avoir piqué l'ogre au menton,
il a le ventre rond comme un ballon.

Ma rentrée chez Rose

Raconté par Nadine Brun-Cosme

Illustré par Annette Marnat

Dans mon école, il y a trois maîtresses :
Sarah, la maîtresse des petits ;
Marie, la maîtresse des moyens ;
et il y a Rose, la maîtresse des grands.

Sarah, elle est toute douce et elle sent bon le savon.
Elle sait faire avec ses cils de grands baisers papillon sur les joues.
Quand j'étais chez les petits,
elle nous chantait de si jolies chansons,
que je les chante encore, le soir, en m'endormant.

Marie, c'est la maîtresse des moyens.
Elle est frisée comme un mouton.
Lorsqu'elle raconte une histoire,
elle sait faire toutes les voix :
la grosse voix du loup quand il veut dévorer
le Petit Chaperon Rouge,
la petite voix de la grand-mère quand elle a peur du loup,
et même, le jour où Mélanie pleurait pour venir à l'école,
la voix de la toute petite fille qui ne veut pas venir à l'école.
Elle nous a raconté de si jolies histoires
que je me les raconte encore, le soir, avec Maman.

Et puis il y a Rose. La maîtresse des grands.
Depuis toujours, Rose, c'est ma maîtresse préférée.
Rose, elle a des joues toutes roses, comme Mamie.
Elle a des pulls tout roses, comme Mamie,
et puis elle rit tout le temps.
Quand elle chante, quand elle compte,
quand elle raconte, quand elle lit,
et même quand elle dit :
— Allez ! On écrit !
À cause de Rose, depuis que je suis à l'école,
j'attends d'être chez les grands.

28

Et ce matin, ça y est ! C'est le grand jour !
Le jour de ma rentrée chez Rose.
Toute la semaine, j'ai préparé mon cartable rose,
ma robe rose, mes chaussures roses
et mes nœuds roses.
— Tu es sûre que ça ne fait pas trop de rose ?
a demandé Maman.
— Non, j'ai dit. C'est pour Rose. Chez Rose, on met du rose !
Et Maman a souri.

Dès que je suis entrée dans la cour, Mélanie a crié :
– Viens jouer !
J'ai dit :
– Attends !
Et j'ai cherché Rose des yeux.

Au milieu de la cour, il y avait Sarah, la maîtresse des petits.
Il y avait Marie, la maîtresse des moyens. Mais il n'y avait pas Rose.
À la place, il y avait une grande dame un peu raide, tout en jaune, et qui ne riait pas.

J'ai senti mon cœur cogner pendant que je disais :
– Où est Rose ?
– Rose ? a dit Mélanie. Elle est partie !
Rose ! Partie ! Mon cœur a arrêté de battre et j'ai crié :
– Je te crois pas !
Sarah m'a regardée. J'avais déjà des larmes plein les yeux,
quand elle m'a tenue dans ses bras. J'ai redit :
– Où est Rose ?
Et j'ai fondu en larmes.
Sarah sentait bon le savon.
Elle a approché son visage et elle a murmuré :
– Rose était vieille.
J'ai dit :
– Comme ma mamie ?

Et Sarah a expliqué :

– Oui, comme ta mamie. Maintenant, elle ne travaille plus. Elle se repose.

Elle était si près que, sans faire exprès, elle m'a fait un baiser papillon.

Alors j'ai demandé :

– Et moi ?

– Pour toi, maintenant, il y a Anna.

J'ai regardé la grande dame un peu raide, tout en jaune et qui ne riait pas,

et j'ai dit très, très bas :

– J'en veux pas.

La grande dame m'a regardée de loin.

Elle a souri. Elle n'a rien dit.

Quand la cloche a sonné, Sarah m'a lâchée.
La maîtresse en jaune a dit :
— On y va.
Ce n'était pas la voix de Rose.
C'était comme la voix de Maman quand elle m'appelle à table. C'était une jolie voix.

Sur le banc, je me suis assise près de Mélanie. La maîtresse a écrit tous nos prénoms.
Moi, je n'avais rien dit. Alors elle m'a souri. C'était un joli sourire.
Elle a demandé :
— Et toi, quel est ton prénom ?
J'ai dit tout bas :
— Zora.
— Zora ! a répété Anna.
Et elle a écrit les quatre lettres. Puis elle s'est exclamée :
— Oh ! Zora. Dans ton prénom, il y a le « R » de Rose.
Et aussi le « O » de Rose.
Sous mon prénom, ZORA, elle a écrit ROSE.
Et je me suis mise à pleurer.
Alors, elle m'a prise dans ses bras.
Elle sentait bon aussi. Mais pas comme Sarah.
Et elle a dit :
— Après-demain, Rose viendra nous voir.
Pour nous dire au revoir.
J'ai regardé ROSE,
écrit au milieu de nos prénoms.
Et j'ai commencé à attendre.

Ce soir, j'ai demandé à Maman :
— C'est loin, après-demain ?
Maman m'a regardée. Elle a répondu :
— Dans deux jours !

Ce matin, dans la cour, il y a Sarah, il y a Marie, et puis il y a Anna.

Anna est toujours un peu raide et tout en jaune. Mais ce matin, elle me sourit.

Et dans ses cheveux, je vois un tout petit nœud rose.

Sur le banc, on doit choisir un prénom.

Moi je regarde le petit nœud rose caché dans ses cheveux et je dis :

— Rose.

À la peinture, je trace un grand « R » bien rose sur toute ma feuille.

Je souffle à Mélanie :

— C'est pour Rose !

— Oh ! Zora ! s'écrie la maîtresse. Tu as les mains toutes roses !

Et pour la première fois, elle se met à rire. Elle a un rire très doux,

plus doux que celui de Rose, mais avec des yeux

qui brillent plus fort. Pour ôter le rose, on a mis

beaucoup de savon et puis on a frotté, frotté, frotté !

— Le rose, ça tient bon, dit Anna en riant de nouveau.

Elle est tout près. Elle aussi, elle sent bon.

Je m'approche encore.

Je suis sûre qu'elle aussi,

elle sait faire les baisers papillon.

Ce matin, dans la cour, elles sont quatre. C'est la première fois.
Il y a Sarah, il y a Marie, il y a Anna et il y a Rose.
Rose n'est pas en rose, Anna est tout en jaune et c'est elle qui rit.
Rose nous chante une jolie chanson.
Une chanson d'au revoir.
Anna sourit.

Sur le tableau, je regarde mon prénom. ZORA.
Dans Zora, il y a le « R » de Rose. Mais il y a aussi le « A » d'Anna.
Demain, je crois que je vais mettre ma belle robe jaune.

Dans la poche du kangourou

Raconté par Zemanel

Illustré par Crescence Bouvarel

Du matin au soir,
dame Kangourou fait des bonds.
On la voit aller, on la voit venir,
on la voit filer comme le vent.

Un bond, deux bonds, trois bonds,
jamais elle ne s'arrête,
jamais elle ne fatigue.

Un jour, au pied d'un arbre, dame Kangourou entend Koala soupirer.

– Qu'as-tu donc à gémir ainsi ? demande-t-elle.

– C'est à cause de maman, répond Koala.
Elle sera bientôt grand-mère, et ne le sait même pas.

– Et alors, va lui rendre visite !

– Impossible ! dit Koala. Elle vit de l'autre côté
de la montagne, loin, bien trop loin…
et moi je suis lent, bien trop lent.
Il me faudrait des mois pour aller la voir.

– Cesse de soupirer, dit dame Kangourou,
je vais lui annoncer la nouvelle de ta part.

À peine Koala a-t-il dit merci que...
un bond, deux bonds, trois bonds,
dame Kangourou disparaît derrière les rochers.

Là, parmi le sable et les pierres, Tortue essuie de grosses larmes.
– Qu'as-tu donc à pleurer ainsi ? demande dame Kangourou.
– C'est à cause de mon grand frère ! répond Tortue.
Il y a si longtemps que je ne lui ai pas parlé. Sans doute me croit-il fâchée.
– Et alors, va lui rendre visite !
– Impossible ! dit Tortue. Il vit de l'autre côté de la montagne, loin, bien trop loin...
et moi je suis lente, bien trop lente. Il me faudrait plusieurs vies pour aller le voir.
– Cesse de pleurnicher, dit dame Kangourou,
je vais lui porter un message de ta part.

À peine Tortue a-t-elle dit merci que…
un bond, deux bonds, trois bonds,
dame Kangourou disparaît dans les hautes herbes.

Là, caché au cœur d'un buisson, Bilbi se lamente.
– Qu'as-tu donc ? demande dame Kangourou.
– Demain, c'est l'anniversaire de mon cousin germain, et il ne saura jamais que je pense à lui.
– Et alors, va lui rendre visite !
– Impossible ! dit Bilbi. Il vit de l'autre côté de la montagne, loin, bien trop loin…
et moi j'ai peur, bien trop peur. Je pourrais me faire dévorer en chemin si je vais le voir.
– Cesse de te lamenter, dit dame Kangourou, je vais lui souhaiter bon anniversaire de ta part.

À peine Bilbi a-t-il dit merci que...
un bond, deux bonds, trois bonds, dame Kangourou disparaît à l'horizon.

La voilà déjà de l'autre côté de la montagne, prête à remettre les messages.
Mais catastrophe ! Voilà que tout s'embrouille dans sa tête :
elle donne des nouvelles de Tortue à maman Koala,
souhaite au frère Tortue un bon anniversaire,
et annonce au cousin Bilbi qu'il sera bientôt grand-mère.
Évidemment, aucun d'eux ne comprend !!!

Un bond, deux bonds, trois bonds.
Dame Kangourou retourne de l'autre côté de la montagne.
Koala, Tortue et Bilbi lui répètent leurs messages :
— Annonce à maman qu'elle sera bientôt grand-mère.
— Rappelle à mon grand frère que je ne l'oublie pas.
— Souhaite à mon cousin germain un bon anniversaire.

Dame Kangourou repart
et dame Kangourou revient déjà.
Les messages ?
Oubliés, mélangés et personne n'a compris.
De nouveau on lui répète, de nouveau elle les oublie.

— Ça suffit ! dit Bilbi. Écrivons-les !
Et chacun rédige une lettre
tandis que dame Kangourou s'accroche
une petite poche sur le ventre.
Elle glisse les trois messages dedans et dit :
— Cette fois-ci, je n'oublierai pas.

Un bond, deux bonds, trois bonds,
la voilà aussitôt repartie.

De l'autre côté de la montagne, les nouvelles arrivent enfin.
Cela faisait tellement longtemps !
La maman, le grand frère et le cousin germain
lisent leur message et s'empressent de glisser
leur réponse dans la poche de dame Kangourou.

Un bond, deux bonds, trois bonds,
voilà des nouvelles en retour.
Quelle joie pour Koala, Tortue et Bilbi !

Heureuse et fière de rendre service,
dame Kangourou ne cesse d'aller et venir,
portant dans sa poche les messages des uns et des autres :
des mots doux, des mots tristes,
des mots fâchés, des mots tendres,
des mots de toutes les couleurs.

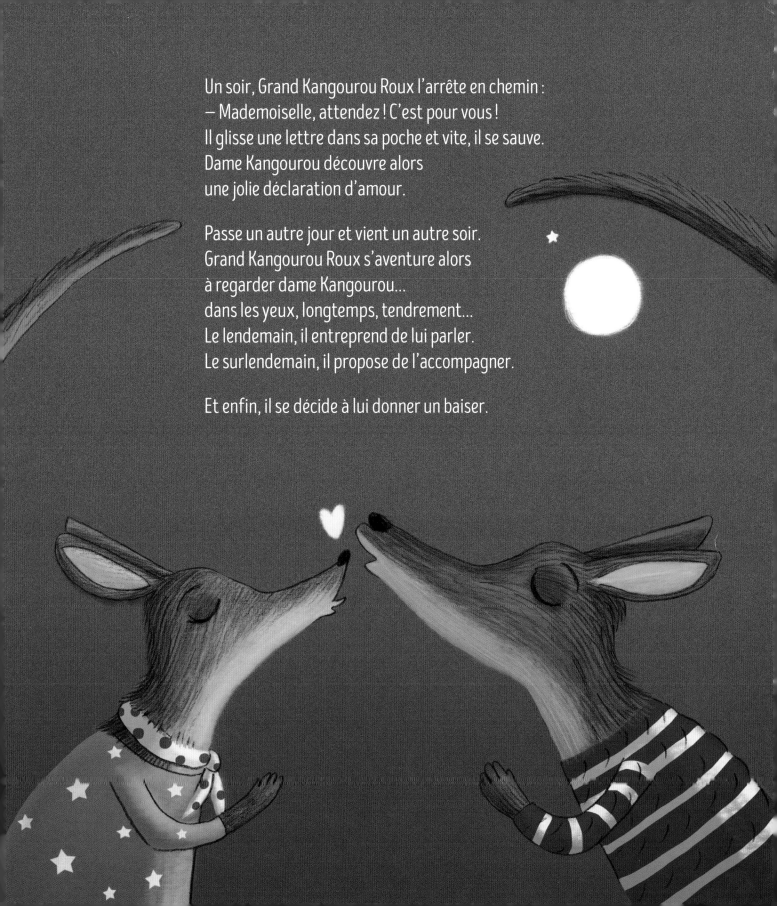

Un soir, Grand Kangourou Roux l'arrête en chemin :
– Mademoiselle, attendez ! C'est pour vous !
Il glisse une lettre dans sa poche et vite, il se sauve.
Dame Kangourou découvre alors
une jolie déclaration d'amour.

Passe un autre jour et vient un autre soir.
Grand Kangourou Roux s'aventure alors
à regarder dame Kangourou...
dans les yeux, longtemps, tendrement...
Le lendemain, il entreprend de lui parler.
Le surlendemain, il propose de l'accompagner.

Et enfin, il se décide à lui donner un baiser.

Un bond, deux bonds, trois bonds.

Arrive ce qui doit arriver.
De bisou en bisou, naît un bébé kangourou,
pas plus gros qu'un bouton de rose.
Si petit et si fragile que dame Kangourou
le glisse à l'abri dans sa poche.
Là où son amoureux avait déposé ses premiers mots doux.
Plus question d'y mettre du courrier à présent !

Alors, pour que les messages continuent de circuler,
Grand Kangourou Roux devient facteur à sa place.

Un bond, deux bonds, trois bonds.

Du lever au soleil couchant, on le voit aller, on le voit venir.
Comme il n'a pas de poche,
les lettres, il les porte dans une sacoche.

De part et d'autre de la montagne,
les messages n'ont plus jamais cessé de voyager.
Quant aux dames Kangourou, toutes maintenant
portent une poche sur le ventre.
Quel endroit plus chaud et plus doux
pour faire grandir un bébé kangourou !

45

Un, deux, trois, Sorcière !

Raconté par Magdalena

Illustré par Gwen Keraval

La sorcière rentre chez elle, avec un chaudron neuf et un plein panier de provisions.
Le vent souffle si fort qu'elle a bien du mal à atteindre sa maison.

Le vent souffle et se déchaîne une fois : 1
et le chapeau de la sorcière s'envole.

Le vent souffle et se déchaîne deux fois : 1, 2
et la cape de la sorcière s'envole.

Le vent souffle et se déchaîne trois fois : 1, 2, 3
et le **panier** de la sorcière s'envole.

Le vent souffle et se déchaîne quatre fois : 1, 2, 3, 4
et le **balai** de la sorcière s'envole.

Le vent souffle et se déchaîne cinq fois : 1, 2, 3, 4, 5
et le **chat** de la sorcière s'envole.

Le vent souffle et se déchaîne six fois : 1, 2, 3, 4, 5, 6
et le **chaudron** de la sorcière s'envole.

Le vent souffle et se déchaîne sept fois : 1, 2, 3, 4, 5, 6, 7
et la **porte de la maison** de la sorcière s'envole.

Le vent souffle et se déchaîne huit fois : 1, 2, 3, 4, 5, 6, 7, 8
et le **toit de la maison** de la sorcière s'envole.

Le vent souffle et se déchaîne neuf fois : 1, 2, 3, 4, 5, 6, 7, 8, 9
et il emporte avec lui la **sorcière.**

Alors, la sorcière s'envole par-dessus les toits.
Elle vole, vole au-dessus de la forêt.
Elle vole, vole au-dessus de la ville.

Quand enfin, le vent s'arrête de souffler,
la sorcière dégringole à toute vitesse.
Et son chapeau,
et sa cape,
et son panier,
et son balai,
et son chat dégringolent aussi.
Et pour finir, son chaudron lui tombe sur la tête et l'assomme.

Pour la réveiller, il faut compter doucement jusqu'à dix : 1, 2, 3, 4, 5, 6, 7, 8, 9, 10
Mais la sorcière ne se réveille pas.

Alors, il faut compter plus fort : 1, 2, 3, 4, 5, 6, 7, 8, 9, 10

Quand la sorcière enfin se réveille et se relève,
le vent se remet à souffler fort,
mais cette fois à l'envers : 10, 9, 8, 7, 6, 5, 4, 3, 2, 1

Et la sorcière part en arrière
et se retrouve les fesses en l'air !

Espèce de petit monstre

Raconté par Odile Hellmann-Hurpoil
Illustré par Didier Balicevic

Simon, le petit dernier de la famille, en a assez.
À la maison, tout le monde le surnomme « petit monstre ».

Dès le matin, Maman lui dit :
— Tu as encore fait des taches de chocolat sur ton pyjama, Simon.
Tu pourrais faire attention, espèce de petit monstre !
Puis Papa, ses clés de voiture à la main, s'impatiente :
— Es-tu prêt pour l'école, petit monstre ?

Et le soir, ça continue : Théo, son frère aîné,
et Julie, sa grande sœur, n'arrêtent pas de traiter
Simon d'« espèce de **petit monstre** ».
Il s'approche de Julie. Elle crie :
– Maman, l'espèce de **petit monstre**
veut gribouiller sur mes cahiers ! Dis-lui de me laisser !
Il entre dans la chambre de Théo, qui hurle :
– Va-t'en, espèce de **petit monstre**,
tu vas casser mes maquettes !
Et Théo repousse Simon, tandis que Julie lui dit tout bas :
– Tu seras privé de dessert,
petit monstre casse-pattes !

Alors, ce soir-là, Simon est très malheureux :
« Comme c'est triste d'être le petit monstre de la famille ! »
Il court dans la chambre de ses parents et s'arrête devant l'armoire à glace.
Mais il n'ose pas se regarder dans le miroir.
Que va-t-il y voir ? Un gros pou noir à tête de cachalot, aux oreilles d'éléphant,
aux cornes de rhinocéros et aux pattes de crapaud ?

C'est alors que Maman appelle :

– À table, tout le monde !

Ce soir, il y a de la pizza et de la mousse au chocolat : tout ce que Simon adore !

Simon éclate en sanglots.

« Un petit monstre comme moi n'aura pas le droit à la pizza,

encore moins à la mousse au chocolat. Je mangerai les restes ! » se dit-il.

Il entend alors Papa s'exclamer :

– Où est donc passé Simon ? Jamais à l'heure, ce **petit monstre** !

C'en est trop ! Simon ravale ses larmes et serre les poings.

Ah ! Ils vont voir ce qu'ils vont voir : un **monstre**, oui. Et un vrai de vrai !

Il se barbouille les joues et le menton avec la mousse à raser de Papa.

Il se peinturlure le nez, les oreilles et le front avec le rouge à lèvres de Maman.

Il enduit ses cheveux de cirage noir et les dresse en piquants avec le gel de Théo.

Il met aussi ses dents de vampire et son collier en griffes de dragon.

Puis il s'enferme dans les toilettes.

Là, il dévide trois rouleaux de papier et s'entortille dedans.

Et maintenant, Simon le **monstre** ne bouge plus.

Mais il entend Maman parcourir la maison en appelant :
– Simon, mon ange, où es-tu ? Viens vite dîner !
Il entend Papa fouiller le garage, le jardin, en suppliant :
– Simon, mon chéri, sors de ta cachette, on s'inquiète !
Il entend Julie et Théo se disputer :
– Espèce de chipie, c'est ta faute si notre petit frère a disparu.
Tu lui as encore dit des méchancetés !
– C'est plutôt à cause de toi, Théo, tu l'as encore bousculé,
espèce de grosse brute !

Alors, Simon sort des toilettes, à cloche-pied…
Aussitôt, Papa, Maman, Théo et Julie l'entourent et le déroulent en riant.
– Tiens, c'est Halloween aujourd'hui, les momies sont de sortie !
– Je ne suis pas déguisé, crie Simon. Vous me traitez tout le temps de petit monstre,
alors j'en suis devenu un vrai !

Maman serre Simon très fort dans ses bras :
– Mais non ! Tu restes le petit monstre chéri de notre famille de monstres.
Mon joli monstre à moi, la maman monstre,
qui s'énerve trop souvent après les autres monstres !

– Eh oui, dit Papa, il m'arrive aussi d'être un grand monstre,
qui dit de vilains mots quand l'évier est bouché
ou que la voiture refuse de démarrer !
Puis, montrant Théo et Julie, écroulés de rire, il ajoute :

– Quant à eux, ce sont deux moyens monstres,
qui n'arrêtent pas de se disputer et de t'embêter !

Simon éclate de rire et, vite, il retire ses dents de vampire et court se débarbouiller.
À table, il engloutit deux parts de pizza et trois portions de mousse au chocolat.
Théo et Julie aussi.
Eh oui, ce soir, les enfants de la famille ont beaucoup d'appétit.
Un appétit monstre, quoi !

58

59

Le singe et le crocodile

Raconté par Anne Fronsacq
Illustré par Jess Pauwels

Il était une fois, en Afrique, au bord d'un fleuve, un grand cocotier.
Dans cet arbre habitait un jeune singe qui s'empiffrait de noix de coco.
Il en attrapait une, la jetait sur le sol pour qu'elle éclate.
Alors, en trois bonds, hop ! hop ! hop !
il dégringolait jusqu'en bas, ramassait les morceaux,
et se délectait de leur exquise chair blanche.

Plus vite encore, en trois bonds,
hop ! hop ! hop ! le singe remontait en haut du cocotier
et balançait une nouvelle noix de coco sur le sol.
Et ainsi de suite, tout au long de la journée,
jetant, descendant, mangeant, remontant, encore et encore !
C'était le roi des cabrioles et… de la gourmandise.

Mais un soir, il ne resta plus
une seule noix de coco dans l'arbre.
Le jeune singe les avait toutes mangées.

Dans le soleil couchant,
un vieux crocodile surgit de l'eau
et se hissa sur la berge.
Il aperçut le petit singe qui pleurnichait
tout en s'éventant avec les palmes du cocotier.
— Eh l'ami, dit le crocodile, tu m'as l'air bien triste.
Que t'arrive-t-il ?
— Il n'y a plus une seule noix de coco !
gémit le singe.
— Des noix de coco ? reprit le crocodile.
Regarde de l'autre côté du fleuve,
ne vois-tu pas tous ces cocotiers
qui regorgent de fruits ?
Pourquoi ne traverses-tu pas ?

Le jeune singe soupira, se gratta l'oreille,
puis répondit :
— Il y a longtemps que je les ai vus.
J'en ai même l'eau à la bouche.
Mais je ne peux pas y aller : je ne sais pas nager.
— Nager ! répondit le crocodile,
voilà une chose que je sais faire !
Qu'à cela ne tienne, mon jeune ami,
je ne vais pas te laisser mourir de faim.
Monte sur mon dos, et en un rien de temps,
je vais te conduire de l'autre côté du fleuve.
— Grand merci, vieux croco.
J'arrive tout de suite !
s'écria le jeune singe, tout joyeux.

Il se laissa glisser le long du tronc et hop ! hop ! hop ! en trois bonds,
il était déjà installé sur le dos du crocodile.
Sans tarder, le vieux crocodile glissa lentement jusqu'à l'eau et commença la traversée.
Le jeune singe se laissait porter en toute tranquillité.

Arrivé au milieu du fleuve, là où l'eau était la plus profonde, le crocodile plongea d'un coup.
— Hé là ! Hé là ! cria le jeune singe. Remontez vite, vous allez me noyer !

Le vieux crocodile se mit à rire :
— Mais justement, je veux te noyer !
— Et pourquoi ? s'effraya le singe.
— Petit sot ! répondit le crocodile. Si tu es là, c'est que j'ai besoin de toi.
Ma femme est très malade, et le sorcier affirme qu'il y a un seul moyen de la guérir :
elle doit manger un cœur de singe.

Le jeune singe fut terrifié par ce qu'il venait d'entendre,
pourtant il ne laissa rien paraître de son effroi. Il reprit le plus tranquillement possible :
– Quel dommage ! Pourquoi ne m'avez-vous pas dit cela plus tôt, vieux croco ? Si j'avais su...
– Et qu'aurais-tu donc fait ? demanda le crocodile, qui se félicitait déjà de sa ruse.
– Eh bien, si j'avais su, je l'aurais pris !
– Comment ? Que dis-tu ? s'énerva le crocodile.
– Je l'aurais pris ! répéta le singe. Je me suis tellement dépêché que j'ai oublié mon cœur
en haut du cocotier ! Quel étourdi je suis ! Vite ! Vite ! retournons là-bas le chercher.

Sans rien répondre, le crocodile obéit aux ordres du jeune singe.
D'un violent coup de queue, il fit demi-tour et prit le chemin du retour.
De temps en temps, le singe lançait :
– Ne traînez pas ! Plus vite, votre femme attend !
Alors le vieux crocodile accélérait encore le mouvement de ses pattes.

Dès qu'ils regagnèrent la berge, le singe sauta à terre,
saisit la branche qui lui avait permis de descendre,
et, en trois bonds, hop ! hop ! hop !
il grimpa le long du cocotier.

Une fois en haut de l'arbre, le jeune singe se mit à faire des cabrioles
et à rire à gorge déployée.
— Cher croco, si vous voulez mon cœur, montez donc le chercher ! cria-t-il.
Qui de nous deux est le plus sot ? Est-ce moi qui ai cru en votre bonté,
ou vous qui avez cru à une histoire qui ne tient pas debout ?
Car connaissez-vous quelqu'un capable de vivre sans cœur ?

Honteux et dépité, le vieux crocodile plongea dans le fleuve
en donnant de furieux coups de queue.
Le petit singe l'avait bien eu !
À l'avenir, il lui faudrait être moins ignorant...

Sauve qui peut !

Raconté par Robert Giraud

Illustré par Vanessa Gautier

En Inde, au cœur de la forêt, vivait un jeune lièvre,
qui était le petit dernier d'une nombreuse famille.
Ce petit lièvre avait peur de tout, et ses frères et sœurs
le traitaient souvent de froussard.
Cet après-midi-là, toute la famille lièvre, le papa, la maman
et les six aînés, partit dans la forêt chercher des provisions.

Seul le petit dernier préféra rester à la maison.
Il s'installa dans l'ombre de son manguier habituel
pour faire la sieste.
Quelques instants plus tard, le petit singe,
qui habitait dans le manguier voisin,
décida d'aller faire un tour.
D'un bond, il s'élança et se laissa tomber
sur une grosse branche chargée de fruits.

Mais la branche était à moitié cassée et elle se brisa.
On entendit alors dans le silence un craquement.
Le singe se rattrapa comme il put,
mais la branche cassée tomba par terre avec fracas.
Il n'en fallait pas plus au lièvre froussard.
Il détala aussitôt, sans même essayer
de trouver d'où venait ce bruit.

Au passage, dans sa course,
le lièvre vit un daim et lui cria :
— Sauve-toi vite ! Le ciel nous tombe sur la tête ! La terre tremble !
Le daim prit aussitôt la fuite, suivi par tout son troupeau.

Des sangliers se joignirent à eux,
sans même comprendre ce qui se passait.
Un peu plus loin, daims et sangliers croisèrent la route d'un groupe de tigres.
Les daims leur lancèrent :
— Filez vite ! Sauve qui peut ! Le ciel nous tombe sur la tête ! La terre se fend !

Les tigres filèrent à leur suite, sans regarder ni devant ni derrière,
entraînant avec eux des rhinocéros.
Dans leur course folle, les animaux
vinrent buter sur un troupeau d'éléphants.
Les tigres leur crièrent :
— Vite, sauvez-vous ! Le ciel nous tombe sur la tête ! La terre s'ouvre !
Les éléphants, sans réfléchir, se lancèrent en avant, martelant le sol de leur pas lourd.

Tout ce vacarme fit sortir un lion de sa tanière.
Il se campa entre les arbres et,
dès qu'il vit paraître la troupe des fuyards,
il poussa un rugissement terrible.
Le ciel qui tombe et la terre qui craque,
c'est effrayant, mais un rugissement furieux de lion,
c'est encore bien pire.

Éléphants, rhinocéros, tigres, sangliers et daims,
sans parler du jeune lièvre, freinèrent des quatre pattes, se bousculant
et tombant les uns sur les autres, têtes et pattes emmêlées.

— Alors, qu'est-ce qui vous prend à courir comme ça ? gronda le lion.
— Le ciel nous tombe sur la tête, la terre s'ouvre, hoquetèrent les bêtes terrorisées.
Le lion regarda sous ses pattes, puis par-dessus la tête des fuyards. Il ne vit rien.
— Vous êtes ridicules ! Le temps est splendide, sans un nuage. La terre est à sa place, intacte.
Vous avez vu quelque chose, vous les éléphants ?
— Non, pas nous. Demandez aux tigres.

Les tigres s'exclamèrent :
– Ce sont les daims qui nous ont prévenus.
Les daims avaient une réponse toute prête :
– C'est le lièvre qui nous a crié de nous sauver.

Le lion, l'air sévère, s'exclama :
– Je n'en crois pas mes oreilles ! Vous les daims si rapides,
vous les sangliers aux défenses pointues, vous les tigres si puissants,
vous les rhinocéros à l'épaisse carapace, vous les énormes éléphants,
vous prenez peur comme des lièvres et vous vous enfuyez sans même réfléchir !
Vous êtes prêts à croire n'importe quelle sornette !
Jamais je n'aurais cru ça de vous !

Le roi des animaux se tourna enfin vers le lièvre froussard :
– Alors c'est toi qui prétends avoir vu tomber le ciel ?
– Mais c'est la vérité ! déclara le lièvre.
Je ne l'ai pas vu, mais je l'ai entendu. J'ai même senti le sol trembler sous mes pattes !
– Où étais-tu quand ça t'est arrivé ? Viens me montrer !

Pour aller plus vite, le lion prit le lièvre sur son dos.
À la fois honteux et curieux, les autres animaux les suivirent à distance.
Ils arrivèrent jusqu'au manguier sous lequel le lièvre froussard avait fait la sieste.

– J'étais ici, quand c'est arrivé ! dit timidement le lièvre.

Le lion vit aussitôt la grosse branche couchée par terre.

— Ah, elle vient juste de tomber, celle-là ! Ses feuilles sont encore toutes vertes.
C'est sûrement cette branche qui t'a fait peur en tombant, gros nigaud ! Rien de plus !

Le roi des animaux leva la tête et aperçut le jeune singe dans le manguier.

— Tu as dû la voir tomber, toi ! Raconte !

— C'est ma faute, monsieur le lion, avoua le petit singe. Je vous jure que je ne l'ai pas fait exprès.
Je sautais de branche en branche pour m'amuser, et celle-ci s'est cassée au moment
où je l'attrapais. Je vous promets de faire attention la prochaine fois.

Le lion dit alors au lièvre :

— Tu vois, il a suffi d'un petit singe qui faisait l'acrobate pour te flanquer la frousse.
J'espère que tu as compris la leçon !

Le lion retourna à ses affaires.
Quant au lièvre, fatigué par toutes ces émotions, il regagna le pied de son manguier
et s'y étendit confortablement, rassuré.
Avant de s'endormir, il se promit de devenir hardi et courageux.
On ne l'y prendrait plus à s'affoler pour un rien !